Para Tonia, quien me salvó la vida

Primera edición en inglés,   2006
Primera edición en español, 2007
   Primera reimpresión,   2011

Falconer, Ian
     Olivia y su banda / Ian Falconer ; trad. de Teresa
Mlawer — México : FCE, 2007
     [40] p. : ilus. ; 29 × 22 cm — (Colec. Los Especiales
de A la Orilla del Viento)
     Título original Olivia Forms a Band
     ISBN 978-968-16-8313-9

     1. Literatura infantil I. Mlawer, Teresa, tr. II. Ser. III. t.

LC PZ7   Dewey 808.068 F524o

Distribución en Latinoamérica y España

© 2006, Ian Falconer
Un libro de Anne Schwartz, publicado con acuerdo
con Atheneum Books for Young Readers, un sello
de Simon&Schuster Children's Publishing
Division, Nueva York.
Título original: *Olivia Forms a Band*

D. R. © 2007, Fondo de Cultura Económica
Carretera Picacho Ajusco 227, Bosques del Pedregal,
C. P. 14738, México, D. F.
www.fondodeculturaeconomica.com
Empresa certificada ISO 9001: 2008

Coordinación editorial: Miriam Martínez y Marisol Ruiz Monter

Comentarios y sugerencias:
librosparaninos@fondodeculturaeconomica.com
Tel.: (55)5449-1871. Fax: (55)5449-1873

ISBN 978-968-16-8313-9

Se terminó de imprimir en mayo de 2011
El tiraje fue de 4 000 ejemplares

Impreso en China • *Printed in China*

OLIVIA
y su banda

Escrito e ilustrado por Ian Falconer

LOS ESPECIALES DE
A la orilla del viento
FONDO DE CULTURA ECONÓMICA
MÉXICO

Olivia no encuentra el par de su calcetín rojo.

—¿Qué te pasa? —le pregunta su mamá.
—No encuentro mi otro calcetín —contesta Olivia.
—¿Y qué son entonces todos ésos?
—No van con éste.

—¡Lo encontré!

La mamá de Olivia guarda
las provisiones para el paseo.

—Quiero que estén todos listos
a las siete para ir a ver los fuegos
artificiales —dice su mamá.

—¡Y la banda! —grita Olivia.

—No creo que haya
banda —contesta su mamá.

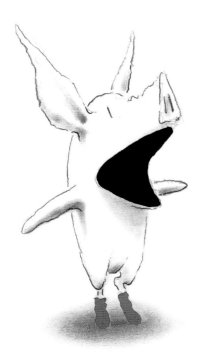

—Pero no puede haber fuegos artificiales
sin música —explica Olivia.

—¡Ya sé! ¡*Nosotros*
seremos la banda!

—De acuerdo —dice Olivia—.
¡Pues yo seré la banda!

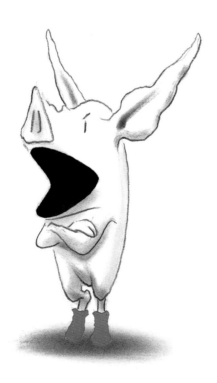

—¿En qué tipo de banda estás pensando? —le pregunta su mamá.

—Por supuesto que en una banda para los fuegos artificiales.

—Pero, cariño, una sola persona no forma una banda —le explica su mamá.

—¿Por qué no?

—Porque la palabra *banda* significa más de una persona, y una banda suena como si tocaran varias personas.

—Pero, mami, esta semana me dijiste que yo sonaba como cinco personas a la vez.

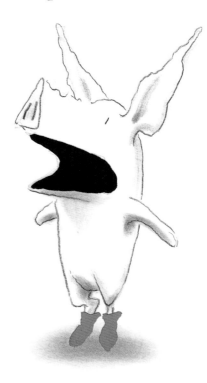

Durante todo el día Olivia busca las cosas
que necesita para formar una banda.

—Gracias.

—Gracias.

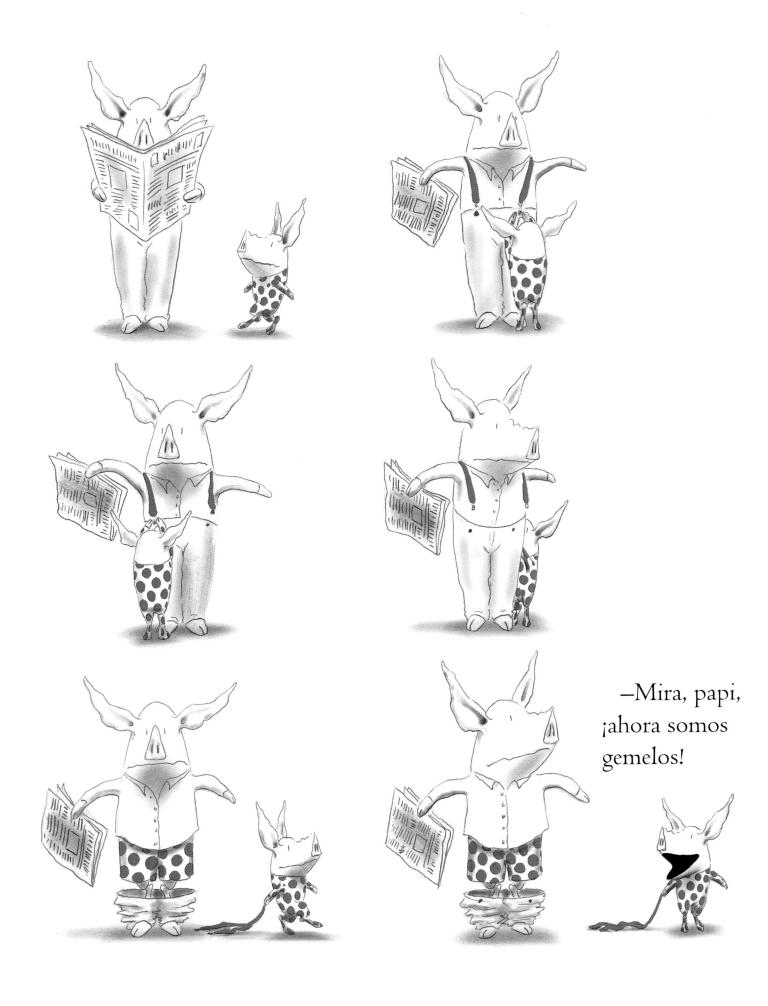

—Mira, papi,
¡ahora somos
gemelos!

Por fin lo tiene todo. Ahora sólo le falta elegir el uniforme perfecto.

PING —
TLIN —
TLIN —
CLING —
CLING —
TIN —
TIN —
TIN —
TOM —
TOM —
TING —
PUM —
PUM —
PAG —

Y mientras Olivia ensaya, todos están de acuerdo en que,
efectivamente, suena como muchas personas a la vez.

PLIN
¡PIIIIIIIII!
CLANG
TALÁN
PANC PINC PONC
POM
PLIN
¡PIIIIIIIIII!
PLIN
TOINC
PLIN
CLING
TALÁN
POM
TALÁN
TALÁN

—Mejor no.

—De acuerdo, pero no te olvides
de dejarlo todo en su lugar.
    —Está bien, mami.
    —Y ahora, ¿a dónde vas?
    —A maquillarme —contesta.
    —Está bien, cariño, pero date prisa.

—¿Qué tal me veo?

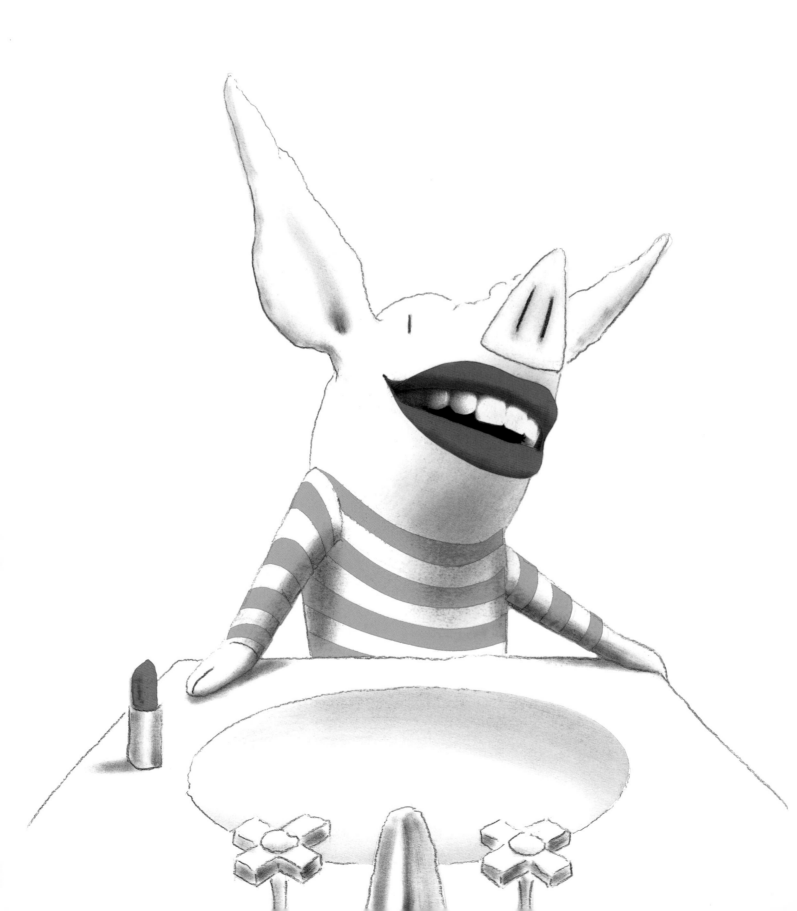

—¡Preciosa! ¡Pero límpiate
ahora mismo esa boca y vámonos!

Tan pronto llegan al parque...

Olivia dice:
"Mami, tengo
que ir al baño".

Y luego Ian dice:
"Mami, tengo
que ir al baño".

Y William ni
siquiera avisa.

El sol se pone y se sientan a comer sándwiches, maíz,
fresas y sandía.

—¿Cuándo empiezan los fuegos artificiales? —pregunta Olivia.
—Tan pronto oscurezca —le explica su mamá.
—¿Y cuándo va a oscurecer?
—Pronto, cariño.
—¿Ya es de noche? —pregunta Olivia.
—Ya casi. Ten paciencia.

—Y *ahora*, ¿ya es de noche?

Por fin empiezan los fuegos artificiales.

Y son realmente hermosos.

Es muy tarde cuando vuelven a casa.

—Vete a la cama, cariño. Esta noche no
habrá cuento —le dice su mamá.

—¿No me vas a dar
el besito de buenas
noches?

—Ya voy... y no te olvides de guardar las cosas de tu banda.

Una vez que Ian y William están acostados, la mamá entra de puntillas en la habitación de Olivia...

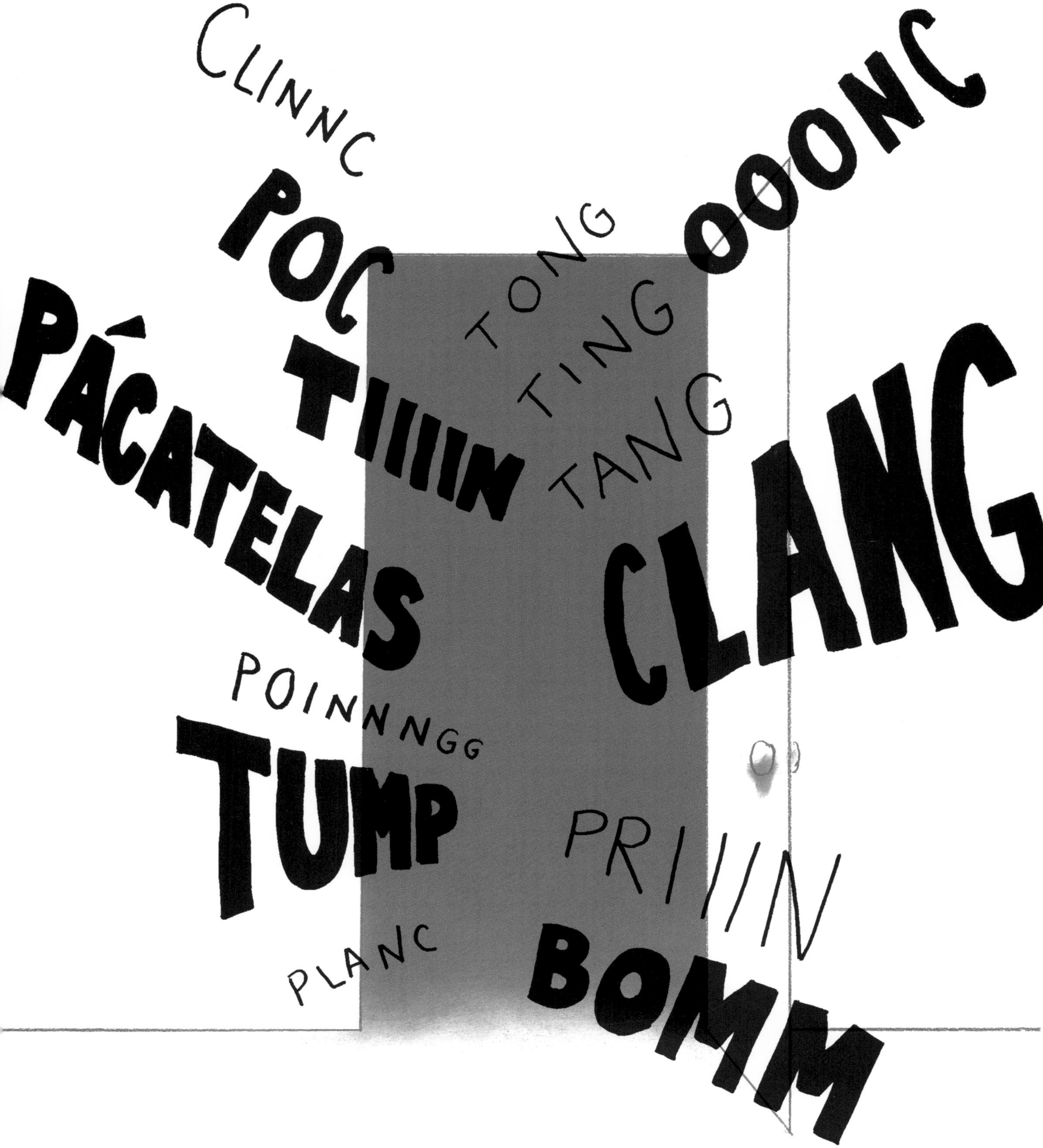

CLINNC

POC

OOONC

PÁCATELAS

TONG

TING

TANG

TIIIIN

CLANG

POINNNGG

TUMP

PRIIIIN

PLANC

BOMM

—OLIVIA, ¿no te dije que guardaras los instrumentos de la banda? ¡Casi me rompo el cuello!

Pero Olivia ya está dormida.

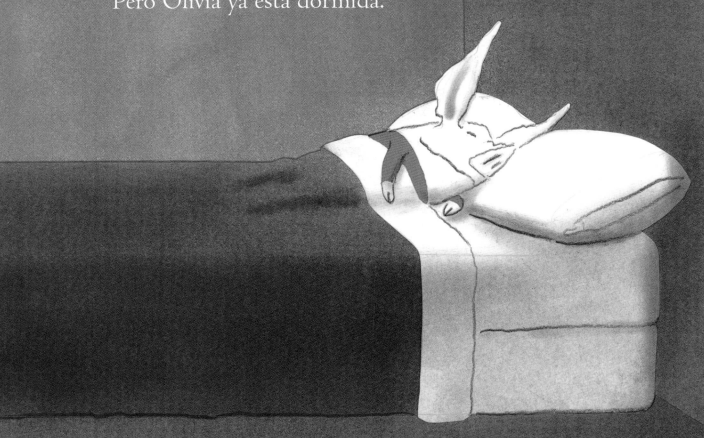

Fin.